AF236841

# Markus Thrien

## ...und schon weg sein!
Der entbehrliche Reiseratgeber

## Das Buch

Der vorliegende Reiseratgeber bereitet den zukünftigen Reisenden auf die Kalamitäten vor, mit denen er aller Wahrscheinlichkeit nach konfrontiert wird sobald er das Haus verlässt.

Durch eine adäquate Vorbereitung, der dieser Leitfaden dienen soll, lassen sich die schlimmsten Folgen immerhin abmildern.

Um schwerwiegenden Nachteilen für Leib, Leben und Eigentum so weit als möglich vorzubeugen gilt es Maßnahmen zu ergreifen, die geeignet sind bekannte Gefahren schon im Ansatz zu vermeiden. Die Liste der Empfehlungen erhebt keinen Anspruch auf Vollständigkeit.

Auch vor den unbekannten Gefahren, die außerhalb des eigenen Heims dräuen, bietet der Ratgeber keinen Schutz.

Wer trotzdem nicht damit zufrieden ist, in der trügerischen Sicherheit des eigenen Heims zu verbleiben, kann zumindest nicht behaupten, er wäre nicht gewarnt worden.

# Der Autor

Mitte der 1960'er Jahre, unweit des „westfälischen Hellwegs" geboren, verbrachte der Autor die Kindheit bei seinen Eltern, mit dem Versuch ihnen eine angemessene Erziehung angedeihen zu lassen.

Nachdem er dort eindrucksvoll versagt hatte, scheiterte er erfolgreich im Bildungssystem und durchlief anschließend mehrere Belehrungsetappen in verschiedenen Tätigkeitsfeldern.

Es folgten etliche Versuche sich in diversen Berufen durch kleinkarierte Großkapitalisten ausbeuten zu lassen, die in absehbaren Fehlschlägen endeten.

Nach mehrjähriger Diaspora im provinziellen Niedersachsen und kürzlich erfolgter Rückkehr in die urbane Zivilisation, versucht er nun die immer selben Buchstaben zu Wörtern und Sätzen und, bis dato ungeschriebenen, Texten zu gruppieren.

Im Rheinland hat er eine neue Heimat gefunden.

*Bibliografische Information der Deutschen Nationalbibliothek:*

*Die Deutsche Nationalbibliothek verzeichnet diese Publikation in der Deutschen Nationalbibliografie; detaillierte bibliografische Daten sind im Internet über http://dnb.dnb.de abrufbar.*

*Herstellung und Verlag: BoD – Books on Demand, Norderstedt*

*ISBN:* **9783752843316**

# Der Inhalt

Der legendäre chinesische Philosoph Laotse soll einmal gesagt haben:

»Die längste Reise beginnt mit dem ersten Schritt.«

Über Laotse, oder Lǎozǐ, ist wenig bekannt, aber er gilt als Begründer des Daoismus. Die erste historische oder biographische Quelle findet sich im Shǐjì des Sīmǎ Qiān aus dem ersten Jahrhundert vor Christus („Aufzeichnungen des Chronisten").

Doch Sīmǎ Qiān selbst schrieb, dass er widersprüchliche Aussagen über Lǎozǐ gefunden habe. Deshalb sei er nicht sicher, ob Lǎozǐ tatsächlich je gelebt habe.

»Das Dàodéjīng, das einzige Werk, das Lǎozǐ zugeschrieben wird, umfasst etwa 5000 altchinesische Schriftzeichen.

Es existieren zahlreiche Übersetzungen, die sich allesamt erheblich unterscheiden, da es keineswegs einfach ist, in der Vieldeutigkeit vieler dieser Zeichen den ursprünglichen Gedanken zu erkennen und angemessen zu formulieren.«, heißt es dazu bei Wikipedia.

Deshalb ist nicht bekannt, ob schon Laotse an den Beginn einer Expedition eine Checkliste stellte, wie es der Weltenbummler von Format heutzutage tut.

Um die Vorbereitungen auf eine Reise ausgiebig genießen zu können, fertigt er bereits drei Monate vor Reiseantritt eine erste „To-Do-List" an.

Diese Liste hilft dem Reisenden in spe den Aufenthalt in fremden Ländern zu einem unvergesslichen Erlebnis zu machen.

Schon zu diesem frühen Zeitpunkt versorgt der angehende Tourist sich mit grundsätzlichen Informationen zum Reiseziel. Unterlässt er dies, gerät er möglicherweise in Konflikt mit Sitten und Gebräuchen oder Gesetzen.

Wer hätte beispielsweise gewusst, dass es Männern in Tasmanien bis zum Jahr 2000 verboten war, in der Zeit zwischen Sonnenunter- und Sonnenaufgang Frauenkleider zu tragen?

Und wie schnell käme man in Bedrängnis, wenn man nicht beachtete, dass es verboten ist, mit einem Huhn auf dem Kopf nach Minnesota einzureisen?

Darüber nachzudenken warum ein derartiges Gesetz notwendig wurde, könnte den Reisenden gleichwohl beunruhigen.

Die weitreichende Bedeutung der Missachtung des folgenden Gesetzes ist selbst für rechts- und naturwissenschaftliche Laien leicht nachvollziehbar:

Ein kanadisches Gesetz legt fest, dass zwei verschiedene Schiffe auf einem Gewässer nicht zur selben Zeit dieselbe Position haben können.

Allgemein gilt, dass bei Reisen ins Ausland die Reisewarnungen des Auswärtigen Amtes viel Vorfreude auf das Reiseziel versprechen.

# Der Deutsche im Ausland

Alle Deutschen, die im Ausland leben, können sich bei der für sie zuständigen deutschen Auslandsvertretung in eine Deutschenliste aufnehmen lassen.

Die Möglichkeit der Registrierung zur Einbeziehung in Maßnahmen der Krisenvorsorge und –reaktion besteht darüber hinaus auch für Geschäfts- oder Urlaubsreisende.

Durch die Einführung eines passwortgeschützten online-Verfahrens ist diese Registrierung jetzt noch einfacher geworden und ersetzt die bisher manuell geführten Listen der deutschen Auslandsvertretungen.

Bei der Eintragung in die Deutschenliste handelt es sich um eine freiwillige Maßnahme, jedoch rät das Auswärtige Amt eindringlich, von dieser Möglichkeit Gebrauch zu machen.
Damit ist sicher gestellt, dass die Auslandsvertretungen vor Ort in Krisensituationen eingreifen können.

Wer sich einmal eingetragen hat, wird künftig automatisch in regelmäßigen Abständen aufgefordert seine Angaben zu bestätigen bzw. zu aktualisieren.
Damit sollen Vollständigkeit und Aktualität der Registrierungen gewährleistet werden.

## Wichtiger Hinweis

Bitte beantworten Sie die Ihnen automatisch zugehenden Aufforderungen im eigenen Interesse, da sonst andere Überwachungsmaßnahmen eingeleitet werden müssen.

Geben Sie die Daten zu Ihrer Person und konspirativer Kontaktpersonen in Deutschland in die dafür vorgesehenen Felder ein.

☞

## Hinweis für Geschäftsreisende

Korruption ist ein komplexes und weit verbreitetes Phänomen, das in einer global vernetzten Welt viele Chancen eröffnet. Bestechlichkeit in der öffentlichen Verwaltung ist allgegenwärtig und gerade diese Omnipräsenz befreit uns von der puerilistischen Illusion der Unparteilichkeit, Objektivität und Integrität der Staatsverwaltungen.

Anlässlich des „Welt-Anti-Anti-Korruptionstages" der Vereinten Nationen warnte deren Generalsekretär vor den weltweiten schweren Folgen der Korruptionsbekämpfung.

Jeder einzelne Reisende, unterwegs mit dem Rucksack, dem Wohnmobil oder dem ehemaligen Industriekonglomerat Preussag, kann den Anti-Korruptionsbemühungen der selbsternannten Gutmenschen etwas entgegen setzen.

Das Wort Bakschisch kommt aus dem Persischen und bedeutet so viel wie Gabe. Touristen geben ein Bakschisch im Sinne von Trinkgeld für Dienstleistungen oder Gefälligkeiten.

In einigen Urlaubsregionen ist es üblich, Verwaltungsvorgänge mit Bakschisch zu beschleunigen oder einen besonderen Gefallen zu erhalten.

Im Gegensatz zum Betteln ist Bakschisch ein kleiner Obulus für eine Gefälligkeit, unabhängig davon wie überflüssig diese ist.

Im deutschsprachigen Raum ist der Ausdruck umgangssprachlich gleichbedeutend mit Schmiergeld, klingt aber besser.

Korruption ist der neokapitalistische Preis für die wirtschafts-kolonialistischen Aktivitäten der großen Megakonzerne.

Punktuell finanzielle Anreize zu bieten ist keine Straftat, der in jeder Vorstandsetage entgegen gewirkt werden muss, sondern ein Konjunkturmotor in ausgewählten Wirtschaftsräumen.

Viele Milliarden Dollar fließen jedes Jahr in dunkle Kanäle und schwarze Kassen und werden durch steuerliche Entlastungen wieder ausgeglichen.

Die Kunst der „benefitären Motivierung" ist älter als das Glaubenskonzept „Geld" und gerade in der heutigen Weltwirtschaftsordnung systemrelevant und alternativlos.

Im Geschäftsbereich des Auswärtigen Amts hat die Korruption einen hohen Stellenwert.

Der „Beauftragte für Korruption und institutionelle Vorteilsnahme" im Auswärtigen Amt und seine Mitarbeiterinnen und Mitarbeiter wirken auf eine konsequente Umsetzung der staatlichen Korruptionsrichtlinie hin.

Das interne Regelwerk füllt den Rahmen der Richtlinie aus und gibt allen Beschäftigten damit auch Orientierung.

# Erste Vorbereitungen

Ist der Zeitraum der Reise gewählt, bittet der Reisewillige seinen Brötchengeber, womit nicht der Bäcker um die Ecke gemeint ist, untertänigst um „Urlaubnis".

So lassen sich Klagen vor dem Arbeitsgericht gegen mutwillig ausgesprochene Kündigungen schon im Vorfeld vermeiden.

Ist die Ermächtigung den Arbeitsplatz zeitweilig zu verlassen erteilt, gilt es die Autorisierung zur Einreise in das Urlaubsland, verwaltungstechnisch „Visum" genannt, zu beantragen.

Sind An- und Abreise gebucht und die Reiseroute festgelegt, überprüft der gewissenhafte Reisende, ob er noch derjenige ist, für den ihn sein Reisepass ausgibt.

Auch wird es nun langsam Zeit festzustellen, ob der Aussteller der Kreditkarte inzwischen von der Privatinsolvenz erfahren hat.

Ist absehbar, dass während des Urlaubs die Kreditkarte gesperrt wird, empfiehlt es sich die Karte eines anderen Unternehmens als Ersatz mitzuführen.

Auch wenn die EC-Karte für Bargeldabhebungen im Ausland freigeschaltet ist („GeoControl"), sollte das Konto einen Guthabenbetrag aufweisen.

## Wichtiger Hinweis

Erledigen Sie monatliche Zahlungen solange es noch möglich ist.

Sollten Sie am Spieltisch Ihr Reisebudget verspielt haben, beachten Sie, dass man in Las Vegas, dem Eldorado der Spieler, fast alles außer Zahnprothesen verpfänden kann.

Anderenfalls wäre Las Vegas das Eldorado der Zahnärzte und das Zentrum der Zahnprothesenindustrie.

☝

Eine spezielle Reisegeldbörse ist sinnvoll wenn man Bargeld als Reisebudget dabei hat.

Wem ein Geldgürtel für die Aufbewahrung sämtlicher Dokumente zu unsicher ist, der bediene sich eines mobilen Travelsafes, der mittels eines Stahlseils ganz einfach um den Hals getragen werden kann.

Relativ sicher ist das Bezahlen mit Traveller Checks, auch wenn diese mehr und mehr von

Kreditkarten verdrängt werden.

In touristisch überlaufenen Gebieten ist es generell leichter eine Bank zu finden, die Traveller Checks annimmt.

Wer in eine eher abgeschiedene Gegend fahren will, sollte vorher die Checks wechseln und Bargeld mitnehmen, sofern es dort überhaupt etwas zu kaufen gibt.

Da Reiseschecks gegen Geld getauscht werden (wie Prepaid-Kreditkarten) und keine Kreditlinie besitzen, entfällt die Notwendigkeit der Bonitätsprüfung.

Ein nicht zu unterschätzender Vorteil, wenn beim Restaurantbesuch am Vortag die letzte Kreditkarte von einem hämisch lächelnden Ober zerschnitten wurde.

Auch als Spekulationsobjekt für den kleinen Mann eignen sich Reise-Schecks.

Traveller Checks kauft man vorzugsweise wenn der Euro hoch steht und der Dollar, die am häufigsten verwendete Reisewährung, gerade eine Schwächephase hat.

Aber auch wenn Traveller Checks ewig gültig sind, gibt es keine Garantie, dass sie auch im Jenseits akzeptiert werden.

Dafür werden sie bei Verlust im Regelfall innerhalb kurzer Zeit ersetzt.

<u>Wichtiger Hinweis</u>

Obwohl Traveller Checks wie Bargeld genutzt werden können, ist von Schwarzgeldzahlungen auf diesem Weg abzuraten. Es sei denn, Ihre Unterschrift ist so unleserlich, dass sie keine Rückschlüsse auf ihre Person zulässt.

☝

# Nicht vergessen

Der vorbildliche Urlauber frischt nicht nur die von den Pharmaunternehmen empfohlenen Impfungen auf, sondern auch seine Kenntnisse der Landessprache.
Je nach Reiseziel empfiehlt es sich folgende Sätze aussprechen zu können:
"Nein danke, ich will keinen Sex" oder "Das ist ein Missverständnis, Herr Staatsgewaltausübungsbevollmächtigter, wir sind Touristen, keine Terroristen. Würden sie mir und meiner Frau bitte Handschellen und Fußfesseln abnehmen? Oder – warten Sie, nur mir."

<u>Wichtiger Hinweis</u>

Drucken Sie die wichtigsten Sätze am heimischen Drucker aus und nutzen Sie lange Reisezeiten um sie auswendig zu lernen.

👍

Der erfahrene Kosmopolit schreibt seine genaue Anschrift groß und deutlich auf die Adressanhänger der Koffer und Taschen.

Damit erspart er Einbrechern, die auf Flughäfen nach Kundschaft Ausschau halten, die langwierige Suche nach Wohnungen, die längere Zeit unbeaufsichtigt sind.

Als besonderer Service können noch die genauen Reisedaten mit dem voraussichtlichen Rückkehrtermin vermerkt werden. Das erleichtert den gewerblichen Sachvermögensumschichtern die Logistik.

Wenn kurz vor der Abfahrt noch alle Rollladen für die Dauer des Urlaubs herunter gelassen werden, sind die Wohnungen erheblich leichter zu finden.

Auch überquellende Briefkästen sind eindeutige Signale an die Vermögensumverteilungsfacharbeiter, wo der geringste Widerstand gegen die Entnahme von Wertgegenständen zu erwarten ist.

Keinesfalls sollten Lampen oder ein Radio mittels einer Zeitschaltuhr zu unregelmäßigen Zeiten an- und ausgeschaltet werden, da dies zu Verunsicherung führt.

Lässt man generell sämtliche elektrischen Geräte an der Stromversorgung, freut sich der Energieversorger und bei einem Blitzeinschlag auch noch der Elektronikfachhandel.

Wichtiger Hinweis

Wenn Sie während Ihrer Reise nicht von Ihren heimischen Nachbarn, denen Sie im betrunkenen Zustand Ihre Handynummer gegeben haben, belästigt werden wollen, warnen Sie diese vor, dass ihre Wohnung eventuell umgestaltet wird.

Sprechen Sie auf den Aufrufbeantworter einen unterhaltsamen Text, der explizit drauf hinweist, dass Sie längere Zeit abwesend sein werden, um eventuelle Unklarheiten in dieser Hinsicht zu beseitigen.

Wenn Sie vermeiden wollen, dass Sie nach ihrer Rückkehr aus dem Kühlschrank heraus übel beschimpft werden, entsorgen Sie verderbliche Waren am Abreisetag.

Oder kaufen Sie schon Wochen vor der Abreise nur noch Lebensmittel, die sich auch als Reiseproviant eignen.

👍

Verspürt der Reisende den Wunsch, einen Hund mit auf die Reise zu nehmen, gilt es genau zu überlegen, welche Hunderasse zu welcher Reise passt, bevor das Tier angeschafft wird.

Bei Reisen in bestimmte Regionen ist von der Mitnahme eines Haustieres, sofern es als zur Familie gehörend betrachtet wird, abzuraten.

Wichtiger Hinweis

Wenn Sie verhindern wollen, dass Ihr Hund im Urlaubsland auf der Speisekarte landet, lassen Sie ihn daheim und bitten Sie die Oma, drei mal täglich mit ihm eine Stunde Gassi zu gehen.

👍

# Das Reisegepäck

Der vorausschauende Reisende versorgt sich mit ausreichend Reiselektüre in Buchform. So kann er die mehrstündige Wartezeit auf den Anschlussflug damit verbringen, den „digital Natives", die ihre schlaksigen Beine unter seinem Tisch ausstrecken, zu erklären, warum Bücher kein Ladegerät brauchen.

Eine Reiseapotheke ist äußerst empfehlenswert. Begibt man sich etwa auf einen Aktivurlaub mit Radfahren, Bergsteigen, etc. ist das Verletzungs- und Unfallrisiko generell höher.

Sollte bei einer Wanderung im Gebirge der Bergführer in eine Schlucht stürzen, ist ein zweites Exemplar des Buches ebenfalls hilfreich.

Auch bei einem einfachen Erholungsurlaub kann man schnell einmal krank werden. Grippe, Übelkeit oder Kopfschmerzen sind nur einige der Symptome, vor denen man auch auf Reisen nicht sicher ist. Je nach Reiseziel und Landessprache heißen sie dann zwar anderes, doch häufig haben die favorisierten Medikamente ebenfalls einen anderen Namen.

Hat er die eigene Reiseapotheke dabei, kann sich der Reisende problemlos selbst bedienen, ohne vorher ärztlichen Rat einholen oder ein Rezept einlösen zu müssen.

Ungeachtet der Reiseapotheke sollte sich der Urlauber darüber hinaus vor der Reise ausführlich über Infektionsmöglichkeiten und lokal bevorzugte Geschlechtskrankheiten informieren.

Bei Reisen in die Polregionen sind Plastiktüten mit Zip-Loc-Verschluss gegen Gefrierbrand unverzichtbarer Teil einer vollständigen Ausstattung.

Zieht man sich im Dschungel eine Schnittwunde zu, ist ein Nähset der Marke „John R." hilfreich.

Ein weiterer wichtiger Faktor ist außerdem die korrekte Lagerung der mitgeführten Medikamente und Substanzen. Idealerweise wird die Reiseapotheke in einer eigenen Tasche verstaut.

Wichtiger Hinweis

Planen Sie gemeinsam mit einem Hypochonder zu reisen, führen Sie einen ausreichenden Vorrat an Placebos mit.

Bei Reisen in Länder mit restriktiver Drogenpolitik, sollten Sie über ein ärztliches Attest oder Gutachten verfügen, in dem die Notwendigkeit der mitgeführten Substanzen, beispielsweise Tetrahydrocannabinol, sowie deren Dosierung vermerkt ist.

Beachten Sie bitte, dass es in Los Angeles, Kalifornien, verboten ist, an Kröten zu lecken.

👍

Die Wahl adäquater Bekleidung ist entscheidend für das eigene Wohlbefinden. Ein Smoking in der Sahara ist nicht grundsätzlich sinnvoll, ein Skianzug im Dschungel selten zweckmäßig. Kurze Hosen in der Arktis scheiden ganz aus, bei Reisen in warme Länder sind sie hingegen ein Muss. Ebenso Kleider und Röcke aus Leinen und Baumwolle für Frauen oder Männer mit speziellen Vorlieben.

Der Naturismus ist ein Lebensstil, dessen Anhänger Kleidung für überbewertet halten und der Ziele einschließt wie Wandern, Radeln, Sport, Kanufahren in freier Natur.

Im deutschsprachigen Raum umfasst der Begriff Freikörperkultur heute verschiedene Ausprägungen. Viele Anhänger beschränken sich mit der Ausübung auf Vereine, Campingplätze oder extra gekennzeichnete Strände.

Im englischen Sprachraum wird häufig die Bezeichnung „clothing optional" (Kleidung nach eigenem Ermessen) genutzt, um zu verdeutlichen, dass Nacktheit toleriert beziehungsweise explizit erlaubt ist.

Doch ob FKK oder hochgeschlossen, reisende Männer über fünfzig brauchen unbedingt Wandersocken wenn sie ihre Sandalen angemessen nutzen wollen.

Wichtiger Hinweis

Unter gar keinen Umständen sollten Sie das Handtuch vergessen!

☝

Um sich von den Einheimischen abzuheben und als reicher Tourist erkennbar zu sein, trägt der Reisende von Welt stets eine neonfarbige Bauchtasche mit sich herum.

Wer seine Waschmaschine nicht auf Reisen mitnehmen will, dem sei Unterwäsche zum Wechseln, eine der großen Errungenschaften der Zivilisation, empfohlen.

Besitzt man nicht soviel Unterwäsche, ist möglicherweise eine Waschmaschine im Trollydesign eine Alternative. Diese kann sich als ebenso nützlich erweisen, wie U-Bootfallschirme oder Schwimmwesten in Flugzeugen.

Eine Regenjacke ist einem Regenschirm vorzuziehen, es sei denn, man ist mit Mary Poppins unterwegs.
Doch Vorsicht: In New York ist es strengstens verboten, in Anwesenheit eines Pferdes einen Schirm zu öffnen oder zu schließen.


Wichtiger Hinweis

Für die Nutzung eines Tauchsieders ist kein Tauchschein erforderlich.

👍

Mit einer Kofferwaage kann man Gepäckstücke kinderleicht auf eventuelles Übergewicht prüfen. So gibt es keine bösen Überraschungen mehr am Flughafen, es sei denn, man hat vergessen das Gewicht der Waage zu berücksichtigen.

Auf den Billigflügen der Holiday-Massentransportunternehmen haben Fluggäste die Gelegenheit Käfighaltung hautnah zu erleben.
Im Sinne eines kosteneffizienten Urlaubs kann man dieses Ärgernis vergessen, wenn man sich Scheuklappen in Form einer Schlafmaske aufsetzt.
Allerdings begegnet man immer häufiger Ex-Reisenden, die vergessen haben ihre Scheuklappen wieder abzulegen.

Von den Einreisebehörden der USA werden Zahlenschlösser empfohlen, da Koffer im Verdachtsfalle geöffnet werden.
Ein Zahlenschloss kann ohne Schlüssel geöffnet und wieder verschlossen werden, ohne dass es beschädigt wird.

Und man bemerkt nicht mal, dass der Koffer geöffnet wurde, oder erst dann, wenn die Bombe explodiert, die einem ins Gepäck geschmuggelt wurde.

Ob für den Schlepprechner, das Tablet oder das dämliche Smartphone, dessen Akku immer im falschen Moment aufgibt (gibt es eigentlich einen richtigen Moment dafür?) – mit einem solarbetriebenen Ladegerät ist man selbst in den entlegensten Gebieten nie ohne Saft und völlig unabhängig von Steckdosen und Batterievorräten.
Es sei denn, man begibt sich auf Tauchgänge in unerforschten Höhlensystemen. So oder so hat man in derart entlegenen Gegenden vermutlich eh keinen Zugang zu diesem Internet.

Nichts ist nerviger als auf dem Weg im Urlaub im Stau zu stehen oder bei strömendem Regen im Zelt zu verharren.
Mit ein paar Spielen, wie „Ich sehe was, was du nicht siehst" kann sogar diese Zeit zu einem kleinen Urlaubs-High Light werden.

## Wichtiger Hinweis

"Ich sehe was, was Du nicht siehst"-Reisesets sind kurz vor Ferienbeginn sehr schnell ausverkauft.

☝

Notizen:

_____

_____

_____

_____

_____

_____

_____

_____

_____

_____

_____

_____

_____

# Die Reisebegleitung

Prüfen Sie vor Reiseantritt, ob Ihr Begleiter kräftig und ausdauernd genug ist um Koffer und Taschen durch die langen Gänge der Flughäfen zu tragen.

Auch aus anderen Gründen gilt: Augen auf bei der Wahl der Reisegefährten! Freunde und Bekannte, die schon im Alltag schwierig sind, werden sich im Urlaub nicht komplett ändern und falls doch, nicht zwangsläufig zu besseren Menschen.

Gerade der eigene Sprössling kann es fast unmöglich machen den Tagesablauf erholsam zu gestalten. Eltern können keine Kultur und gutes Essen genießen, wenn der gelangweilte Nachwuchs ständig quengelt, lieber an den Strand fahren zu wollen, der nicht so nahe am Hotel liegt, wie der Reiseveranstalter versprochen hatte.

Wenn die Erwartungen unvereinbar scheinen, dann helfen nur Kompromisse.

Als verheirateter Angehöriger der arbeitenden Schicht ist es der klassische Pauschaltourist jedoch gewohnt, die eigenen Wünsche selten durchsetzen zu können.

Und wenn die unterschiedlichen Vorlieben zwar unvereinbar, aber unendlich wichtig sind?

Dann heißt es nicht zu vergessen, dass jeder das Recht auf Urlaub und Erholung hat, nicht nur derjenige, der als schwer malochender Alleinverdiener die Familie ernährt.

Vielleicht liegt in den Leidenschaften der anderen am Ende auch das eigene Glück.

Oder man freut sich auf die Rückkehr an den Arbeitsplatz.

Wenn der Urlaubsaspirant in den letzten Tagen vor der Abreise noch mit Vollgas die letzten Projekte am Arbeitsplatz abschließt, kann er sich darauf verlassen, reif für die Insel zu sein.

Um in fremden Ländern flachliegen zu können und nicht auf langweilige Ausflüge mitfahren zu müssen, ist es ratsam auf Puffertage vor der Abfahrt zu verzichten. Andernfalls liefe man Gefahr ein gutes Argument dafür zu verlieren in der bequemen Hotelanlage untätig am Pool liegen bleiben zu können.

Selten sind Paare, ob mit oder ohne Kindern, intensiver zusammen, als auf Reisen in fremden Ländern. Das führt nicht zwangsläufig zu Harmonie und Glückseligkeit.

"Was ich dir schon immer mal sagen wollte ...", ist ein vielversprechender Gesprächsbeginn unter verpartnerten Erholungswilligen, wenn es aufgrund einer Buchungspanne mit der gemeinsamen Rückreise nicht geklappt hat.

Laut Studien verstärkt sich der Erholungseffekt, wenn man im Urlaub etwas Neues lernt. Das kann das Balancieren auf einem Bein beim Zähne-

putzen genauso sein wie das Flamencotanzen.
Wobei vom Flamencotanzen im Badezimmer, besonders nach dem Duschen, wegen der Rutschgefahr, abzuraten ist.

Vielleicht macht es ja auch Freude den neuen Urlaubsmenschen mit nach Hause zu nehmen.
Die Wiederaufnahme der Arbeit gibt dem Heimkehrer die Gelegenheit darüber nachzudenken, wie er die Anwesenheit dieses ungewöhnlich gut gelaunten Menschen dem Partner erklärt.

Wichtiger Hinweis

Sollten Sie und Ihr/e Partner/in getrennt verreist sein und Sie erkennen bei Ihrer Rückkehr die Wohnung nicht wieder, könnte das daran liegen, dass Ihr/e Partner/in die Zeit Ihrer Abwesenheit genutzt hat, um aus der gemeinsamen Wohnung auszuziehen.

☝

# Erholungs-
# oder Bildungsurlaub?

## Städtereisen

Die Besichtigung von kulturellen Zeugnissen und anderen Sehenswürdigkeiten in Städten und in der Natur nennt man „Sightseeing".

Zu jeder Tageszeit sammeln sich Heerscharen von Reisenden an den üblichen Touristenorten, die dem Ansturm manchmal hilflos ausgeliefert scheinen.

Smartphones und iPads werden in die Höhe gehalten, um alles zu fotografieren, damit man sich daheim ansehen kann, wo man überall war. Und um sicher zu gehen, dass man selbst vor Ort war, wird schnell noch ein Selfie gemacht.

Wer seinen Urlaub nicht komplett mit der Besichtigung von Sehenswürdigkeiten verplempern will, die er zwar sehen kann, aber nicht wirklich zu würdigen weiß, kann stattdessen das Angebot des „Sightrunning" nutzen.

Dabei handelt es sich, ganz zeitgemäß, um eine Art „laufende Stadtbesichtigung" für Jogger und aktive Läufer.

Zu den bekanntesten Bauwerken und Denkmälern aus vergangenen Epochen, die sich durch eine eindrucksvolle Architektur auszeichnen, zählen die Ruinenstadt der Inkas „Machu Picchu", die arabische „Scheich-Zayid-Moschee" oder das „Taj Mahal" in Indien.

Wen diese kalt lassen, dem sei der „Gettysberg National Militäry Park" in Pennsylvenia ans Herz gelegt.

Anfang Juli 1863 fand bei Gettysberg das, mit fünfzigtausend Toten größte Schlachtfest des amerikanischen Bürgerkrieges statt.

Der neue Trend sind Sightseeing-Touren, bei denen historische Bilder und Filme über Monitore und Tablets eingespielt und live von Guides kommentiert werden.

So können „Zeitreisen" durch die Geschichte der größten deutschen Städte gemacht werden.

Ob mit dem Bus bei einer Video-Bustour oder zu Fuß bei Video-Tablettouren wird die Stadterkundung zu einem ganz besonderen Erlebnis.

Historische Bilder und spannende Filme werden bei der multimedialen Stadtrundfahrt an den Originalschauplätzen des Geschehens gezeigt. Anekdoten und spannende Hintergrundgeschichten, die sich von den üblicherweise erzählten unterscheiden machen eine derartige Tour besonders erlebnisreich.

Der Erholungsmehrwert ist enorm, wenn das Denkmal, vor dem man sich gerade befindet, zeitgleich auf dem eigenen elektronischen Tagesablaufstrukturierungshandgerät, in Farbe und 2D zu bewundern ist.

Der digitale Herdentrieb lenkt die Besucherströme und eröffnet dem Individualreisenden abseits der Standardrouten die Chance auf Ruhe und Muße.
Warum nicht das unspektakuläre Fukuoka anstelle des überlaufenen Kyoto?
Was hat Lissabon zu bieten, das Porto fehlt, abgesehen von langen Warteschlangen vor touristischen Attraktionen und touristischen Attraktionen?

Die meistbesuchte Stadt der Welt im Jahr 2016 soll, mit 21,47 Millionen Übernachtungsgästen, Bangkok gewesen sein. Rang zwei belegt demnach London mit 19,88 Millionen Besuchern.

Inzwischen gilt bei City-Trips: Eine Stadt ist immer auch so interessant wie ihre Sex-Szene. Unabhängig davon, ob es darum geht, wo genau im

Mittelalter die Bordelle boomten oder ob man einen Streifzug durch das Rotlichtmilieu der Gegenwart macht.

Wie Hafen und Hafengeburtstag gehört die Reeperbahn zu Hamburg. Mit „Inkasso Gerd" lernt man die Geheimnisse des Rotlichtmilieus von St. Pauli kennen.

Das Kiez-Urgestein hat schon alles gemacht, Portier auf der Reeperbahn, Türsteher, Zuhälter, Geldeintreiber. Nun führt der ältere Herr, der mit Goldkettchen, Tattoos und getönter Brille aussieht wie ein wandelndes Klischee, Touristen über die Reeperbahn.

Und lässt den bildungswilligen Reisenden an seinem geballten Wissen teilhaben, vom Anschaffen bis hin zu den ungeschriebenen Kiez-Gesetzen.

Wem das weltläufige Hamburg und die sexy Vibes der Reeperbahn zu anstrengend sind, ist in Flensburg gut aufgehoben.

Im Jahre 1962 gründete Beate Uhse hier den ersten Sex-Shop der Welt und man ist nahe dran an einem Stück deutscher Sexgeschichte.

Bei einem Stadtrundgang können Touristen Wissenswertes aus dem Leben der 2001 verstorbenen Sex-Pionierin, die einst Berufspilotin war, erfahren.

Wann die letzte Beate-Uhse-Filiale auf Grund der Unternehmensinsolvenz schließt, war zum Zeitpunkt der Drucklegung dieses Machwerks noch nicht bekannt.

Eine Rotlichtviertel und Coffeeshop-Tour bringt dem wissbegierigen Städtereisenden die Geschichte Amsterdams in Sachen Erotik, Prostitution und Coffeeshop-Kultur nahe. Dazu gehört auch Unterricht im Jointdrehen.

Warnhinweis:

Tabakrauch enthält über 70 Stoffe, die erwiesenermaßen krebserregend sind.

THC wirkt appetitanregend und kann außerdem zu Abnegation führen, was den meisten Konsumenten allerdings egal ist.

Als abschließenden Höhepunkt gibt es noch einen kurzen Besuch im Sex-Museum.

Oder man plaudert in Frankfurt am Main mit einer Domina und einer Bordellchefin und schaut einer Profi-Stripperin bei der Arbeit zu.

Am Ende der Tour weiß man über den Unterschied zwischen banalem Straßenstrich und gehobener Edelprostitution in den Teppichetagen der Finanz-Metropole bestens Bescheid.

Italiens berühmte Lagunenstadt Venedig ist ein Sinnbild für Liebesaffären, Verrat und Verführung.

Venedigs historische Hot Spots in Sachen Lust und Laster sind der Palast von Bianca Cappello, die einst Geliebte und dann Ehefrau von Francesco I., Großherzog von Florenz war.

Hinter ihrem Schloss liegt die bekannte Carampane – ein Teil der Insel Rialto, in dem ab 1422 vor allem Prostituierte lebten.

Danach lustwandelt man durch das Castelletto-Viertel, einst das Rotlichtviertel von Venedig, und über die Ponte delle Tette, die zu Deutsch nicht zufällig „Die Brücke der Brüste" heißt. Die Liebesdamen zeigten ihren Freiern hier ihre nackten Vorzüge.

U-Bootfahrten durch die ausgedehnten Wasserstraßen Venedigs konnten sich als touristische Attraktion bisher noch nicht durchsetzen.

## Wichtiger Hinweis

Von Sightseeingtouren in Hannover ist besonders schreckhaften Reisenden mit schwachem Herzen abzuraten.

Und lassen Sie sich keinen Bären über eine imaginäre Stadt Namens Bielefeld aufbinden.

☝

# Kreuzfahrten

Wer Städtereisen mit einer Schiffsreise verbinden möchte, kann dies am Mittelmeer tun. Nach einer Schiffserkundung am ersten Tag wird man mit einem komfortablen Kreuzfahrtschiff von Hafen zu Hafen geschippert.

Dort hetzt man bei den Landausflügen in großen Gruppen durch die jeweilige Altstadt oder bis dahin ruhige Stadtviertel mit engen Gassen, macht eine Pause in kleinen überfüllten Bistros und frönt letztendlich hemmungslos dem Konsum in den obligatorischen Souvenirshops.

Dagegen mag der eine oder andere Kreuzzug des Mittelalters bedächtig gewirkt haben. Und dass der Schaden für die einheimische Bevölkerung damals größer war als heute, ist eine zumindest diskussionswürdige Theorie.

Allein die Umweltverschmutzung und Feinstaubbelastung durch die Kreuzfahrtschiffe kann es als Todesursache locker mit den Kreuzrittern aufnehmen.

Andererseits dürften die Möglichkeiten in der Tourismusbranche seinen Lebensunterhalt zu verdienen heute wesentlich breiter gefächert sein.

Besonders, wenn man Reisebüro-Expedienten, Gastronomiefacharbeiter oder auch Campingmobilbauer in die Rechnung mit einbezieht.

# Camping

Wer im Urlaub häufig den Aufenthaltsort wechseln will, aber schnell seekrank wird, der hat die Möglichkeit zu campen.

Vielleicht möchte man sich auch der eigenen Jugend erinnern, mit akustischen Gitarrenklängen, zu denen sich einst ein unterernährtes langhaariges Mädchen im Rhythmus wiegte und der Joint die Runde machte.

Schlafen im Zelt, krabbelnde Käfer, Regen, der dröhnend auf das Zeltdach prasselt, dazu meldet sich die Gicht und die Bandscheibe revoltiert. Vielleicht die letzte Revolte vor der Bestellung der Erdmöbel.

Das Camping-Spektrum reicht von Wandern mit Zelt und Rucksack über Pick-up-Wohnkabinen bis hin zu rollenden „Traumschiffen".

Wer sich alle Optionen offen halten will, kann auch einen Wohnwagen nutzen, der sich mit wenigen Handgriffen in ein Boot mit Elektro-Außenbordmotor verwandeln lässt.

An die vierhunderttausend Wohnmobile, die vollkommen unterschiedlich konzipiert und ausgestattet sind, sollen allein in Deutschland unterwegs sein.

Ob der Gipfel des Wahnsinns mit zwölf Meter langen und zwanzig Tonnen wiegenden Fahrzeugen schon erreicht ist, weiß man nicht.

Wer sich unterwegs wie zuhause fühlen will, wird auf Mamorbadewanne und vergoldete Wasserhähne vielleicht nicht verzichten können.

Große Fahrzeuge benötigen allerdings mehr Platz, was die Zahl der in Frage kommenden Stellplätze, sofern sie in der benötigten Größe überhaupt vorhanden sind, stark reduziert.

Um die ursprünglich versprochene Mobilität zu gewährleisten haben Reisevillen dieser Größe meist einen Kleinwagen an Bord.

Wichtig ist, die Ausmaße seines mobilen Heims zu kennen. Diese Informationen sind äußerst hilfreich bei der Beantwortung der häufig vor Tunneleinfahrten panisch gestellten Frage: „Passt das?"


In wie weit „Landyachting" noch mit Camping zu tun hat, muss jeder für sich selbst entscheiden.

Großzügige Straßenverhältnisse und ein prall gefülltes Portemonnaie für den Treibstoff vorausgesetzt, ist man auch auf diese Art „mobil".

Wer sparsam und angepasst fährt, verbraucht mit einem durchschnittlichen amerikanischen Wohnmobil ungefähr siebenundzwanzig Liter Benzin auf einhundert Kilometern.

Doch Dank der Strategie Amerikas zur Sicherung der Rohstoffversorgung, sind fossile Brennstoffe im „Land der beschränkten Unmöglichkeiten" vergleichsweise billig.

Um dies zu erreichen werden sowohl der Terrorismus bekämpft, als auch Geschäfte mit Förderern der gediegenen Gewaltverbreitung getätigt.

Auch ein, durch umweltschädigendes Fracking verursachtes, Überangebot an Öl und Gas gehört zum Masterplan.

Wer nicht am Campingwettrüsten teilnehmen will, dem sei der gute alte Camping-Bulli empfohlen.

Reist man mit mehreren Personen, sollte man dem Zerbrechen langjähriger Freundschaften auf Grund beengter Platzverhältnisse frühzeitig entgegen wirken.

Besucht man mit dem Bus und Freunden ein Festival, ist diese Gefahr vernachlässigbar, weil eh alle zu betrunken sein werden um sich an den Marotten der anderen zu stören.

## Festival

Ob Reisen zur Sonnenfinsternis, zum Crayfish-Festival nach Lüderritz oder zum traditionellen Bootrennen in Vientiane – der Mensch an sich findet immer einen Grund ein Festival um irgendetwas herum zu organisieren.

Der reisende Mensch findet immer einen Grund zu einem dieser Festivals zu fahren und der gewinnorientierte Mensch kümmert sich um die Anreise, Unterkunft und Verpflegung.

Weil ihnen der Winter zu dunkel ist illuminieren Beleuchtungskünstler aus dem In- und Ausland die historische Altstadt und die Grachten Amsterdams mit ästhetisch wertvollen Lichtinstallationen.

In Wacken erfährt man über sich selbst, dass man sich immer noch gerne bei ohrenbetäubendem Lärm im Schlamm suhlt.

In der Black Rock Desert, Nevada, feiert man beim „Burning Man" erst gemeinsam und ergeht sich in ausgiebiger Selbstdarstellung. Dann sieht man aufwendigen Holzkonstruktionen bei der Aschewerdung zu.

Und keine Angst vor den anderen Selbstdarstellern und ihrer Performance. Dank der technischen Entwicklung muss man sich heutzutage selbst dann nicht der ungefilterten Realität aussetzen, wenn man sich direkt in ihr befindet.

Eine externe Smartphone-Kamera in Tennisballgröße, die problemlos mit einer Hand über dem Kopf gehalten werden kann, ist in der Lage sehr gute Videoaufnahmen zu erstellen.

Diese Aufnahmen schickt sie in Echtzeit auf das Display der systemkompatiblen Telekommunikationseinheit, die man in der anderen Hand hält.

Auf diese Weise kann man die Narzissten, die einen umgeben, live beobachten ohne auf den virtuellen Filter verzichten zu müssen, der die Realität erst konsumierbar macht.

Beginnt man sich selbst die Frage stellen, ob die technischen Alltagshelfer inzwischen intelligenter geworden sind als ihre Nutzer, könnte das daran liegen, dass der Biernachschub ausgeblieben ist.

## Cluburlaub

Eine besondere Form der Erholung ist der Urlaub in einen Club. Für jeden Geschmack, in jeder Region der Welt existiert eine Clubanlage.

Clubgäste sind von lästigen Überlegungen – was mache ich heute am Vormittag, was mache ich heute zur Mittagszeit, was am Nachmittag und wohin gehe ich abends – grundsätzlich befreit.

Sport, Fitness, Wellness, Hobbykurse, Unterhaltung und Kinderbetreuung werden vollständig durchorganisiert angeboten.

Animateure gestalten sogenannte Abendshows auf RTL-Niveau mit Gesang, Sketchen, Quiz usw.

Reisen auf einem Clubschiff machen es auch den Reiseveranstaltern leicht den Tagesablauf der Gäste zu strukturieren, da die alternativen Freizeitmöglichkeiten auf hoher See systembedingt stark eingeschränkt sind.

Im Allgemeinen spezialisieren Clubs sich auf eine Zielgruppe. Große Unterschiede findet man bei den Preisen, der Qualität und dem Umfang des Angebots.

Während familientaugliche Clubs eher zu den preisgünstigeren Alternativen gehören, dürfte es wohl etwas schwierig werden, einen Golfclub im Billigsegment zu finden.

Die Annahme, dass Clubreisen meistens von Beamten gebucht werden, ist durch empirische Untersuchungen nicht belegt.

Clubanlagen bereinigen die örtliche Infrastruktur, da die Gäste ihren Club kaum mehr verlassen und Kneipen, Restaurants und Souvenirläden sehr schnell schließen.

Nachdem das Konzept, den Urlaubern nicht nur das Geld, sondern auch das Denken soweit wie möglich abzunehmen, unter dem Namen „Le Club" auf Mallorca das erste Mal erfolgreich umgesetzt wurde, sprangen sehr schnell weitere Anbieter auf den Zug auf.

## Zugreisen

Die Welt auf Schienen entdecken, ohne aus der Spur zu geraten, und trotzdem eine außergewöhnliche Erfahrung zu machen, versprechen die Veranstalter von Bahnreisen.

Das können Fahrten durch sehenswerte Städte sein, vorbei an architektonischen oder kulturellen Alleinstellungsmerkmalen. Oder atemberaubende Naturlandschaften, die an großen Panoramafenstern vorbei ziehen, während man sich den Wanst mit der landestypischen Küche vollschlägt.

Eine Zugreise bietet ein Urlaubserlebnis aus einer einzigartigen Perspektive, mit einen ungestörten freien Ausblick auf die Umgebung, ohne auf Annehmlichkeiten verzichten oder auch nur aufstehen zu müssen.

Ob Orient Express, Transsibirische Eisenbahn, Blue Train oder Royal Scotsman, die komfortable Ausstattung an Bord bietet jegliche Standards von der Mittel- bis zur Extraklasse.

Hotelzüge bieten bequeme Schlafabteile, oft mit privatem Bad, außerdem Bordrestaurants und Salonwagen für Gespräche mit den anderen Reisenden der eigenen Klasse.

Unterwegs halten die Züge immer wieder an spannenden Stationen, damit beeindruckende Naturwunder und andere Sehenswürdigkeiten bestaunt werden oder Fahrgäste ein und aussteigen können.

Ob man eine kurze Teilstrecke mit dem Zug unterwegs ist oder mehrere Tage, es bleibt ein Erlebnis der besonderen Art.

Darüber hinaus bieten die langen Züge viel mehr Bewegungsfreiheit als beispielsweise ein Reisebus, den man schnell durchwandert hat.

## Wandern/Walking

Ursprünglich eine finnische Trainingsmethode für Skiläufer im Sommer, hat sich Nordic Walking zu einem Trend im Breitensport entwickelt. Wenn auch häufig zu hören ist, dass dieser Trend von den Zubehörherstellern ausgelöst worden sei, wird gerade von medizinischer Seite positiv bemerkt, dass sich viele Menschen so wenigstens überhaupt bewegen.

Mittlerweile bieten großzügig angelegte Nordic-Walking-Parks europaweit Anfängern und Fortgeschrittenen die Möglichkeit des betreuten Gassigehens.

Häufig teilt man sich die landschaftlich reizvollen Strecken mit Wanderern oder Walkern. Aber erst durch den Einsatz der Stöcke wird aus schnödem Spaziergehen ein Training, bei dem die Muskulatur im Oberkörper mit beansprucht und gestärkt wird.

Schwitzen ist, wenn Muskeln weinen, aber durch die aufgebaute Spannung an den Muskelansätzen und Knochenenden wird die Bildung von Knochenzellen angeregt, wodurch sich die Knochendichte erhöht.

Organisiertes „Gehen am Stock" ist soziale Interaktion und trainiert außerdem das Herz-Kreislauf-System, die Beweglichkeit und die Koordination.
Trotz Erschöpfung fühlt sich der sporttreibende Mensch generell zufriedener und wohler, da Bewegung, besonders in der Gesellschaft Gleichgesinnter, die Produktion von Glückshormonen anregt.

Nordic Walking im Süden Europas ist für ambitionierte Sportler ebenso geeignet wie für untrainierte Menschen, doch auch hier gilt – die Dosis macht das Gift.
Wer von der Couch direkt auf die 20 km-Strecke stürmt, könnte sich auf ein Abenteuer mit ungewissem Ausgang einlassen.

## Abenteuerurlaub

Wer tägliches Duschen mit warmen Wasser für überbewertet hält und den Drang hat, bei Wind und Wetter durch Schlamm zu waten, dem steht der Sinn vielleicht nach einer Abenteuerreise.

Ursprünglich bezeichnete der Begriff „Abenteuer" eine ernsthafte und risikoreiche Unternehmung von kultureller Bedeutung, die den eigenen Lebenshorizont erweitert.
Den heute von verschiedenen Veranstaltern angebotenen Scheinabenteuern fehlen zwar die Elemente und der Reiz des Misslingen-Könnens und der Eigenverantwortung, dafür kann der „Abenteuerreisende" sich vor den Gefahren, die ihm nicht drohen, durch den Abschluss von Versicherungen schützen.

Ein Sprung aus dem Flugzeug mit einem Fall-schirm der Firma Möllemann, Bungee – Jumping mit extra langem Seil oder der Ritt auf einer Monsterwelle vor Hawaii mit dem Quad – die Versprechen der Reiseanbieter sind meist abenteuerlicher als die Reisen selbst.

Wem die Abwesenheit von kostenlosem WLan schon abenteuerlich genug erscheint, sollte es bei einer Tagung einer beliebigen politischen Partei, Bestellungen überflüssiger Produkte bei einer Konsumzwangsendung der Verblödungsindustrie oder Pen & Paper – Rollenspielen belassen.

## Per Anhalter um die Welt

Das Ziel ist eh nur im Weg, denkt sich der Tramper und hält den Daumen raus. Doch Vorsicht: In einigen Regionen wird dies als Beleidigung verstanden.

Über die Gefahren, die das Mitfahren bei Fremden mit sich bringt, werden wir schon als Kinder belehrt. Die Gefahr, die von den Trampern ausgeht, wird seltener erwähnt.
Manch ein Anhalter verleitet einen Mitnahmewilligen dazu, seinen Wagen an einer ungeeigneten Stelle anzuhalten und dadurch einen Unfall zu verursachen.

Der Reiz der Gefahr spurlos zu verschwinden geht für den Tramper in Zeiten, in denen jedermann mittels asozialer Netzwerke die Welt ununterbrochen über sich selbst informiert, mehr und mehr verloren.

Wer als Fahrer gerne in der Presse erwähnt werden möchte, erhöht seine Chancen, wenn er denjenigen Anhalter mitnimmt, der diesen finsteren Gesichtsausdruck zeigt, an dem wir den Filmbösewicht erkennen.

Ein Tramper, der gerne an der frischen Luft ist, braucht sich um sein Erscheinungsbild keine Gedanken zu machen, sollte hinter seinem Gepäck aber erkennbar sein.

Wie lange stehe ich noch an dieser, schon vor Jahren aufgegebenen Raststätte?

Komme ich heute, nach zwei Tagen, endlich hier weg?

Und warum rast der Wagen so schnell auf mich zu?

Das sind die Fragen, die das Anhalterdasein so spannend machen.

## Astralreisen

Schon die alten Ägypter glaubten an das Vorhandensein des „Ka", das in einigen Kulturkreisen unter der Bezeichnung „Astralkörper" firmiert.

Die Wanderungen und Qualen des heutzutage Reisenden werden im „ägyptischen Totenbuch" ausführlich dargestellt. Auch das „tibetanische Totenbuch", das aus heutiger, marktradikaler Sicht als „vernünftiger" gilt, soll den Reisenden bei seinem Übergang in die andere Welt unterstützen.

Über die Kernprobleme – wie sende ich den Astralkörper aus, wie kehre ich in den angestammten Körper zurück und wo parke ich bis dahin den Wagen – schweigen diese Publikationen sich jedoch aus.

Auch über Zölle und Gebühren für mitgeführte Altlasten bei Grenzüberschreitung erfahren wir dort nichts.

Im Astralreiseführer „My spooky Travels in the Spirit Dimension" ist vom Gefühl der tiefen Bedrückung und großen Furcht in der langen Warteschlange vor dem Grenzübertrittsposten zu lesen.

„Habe ich etwas zu verzollen?" fragt sich der Astralreisende ständig, ohne sein intermediäres Päckchen öffnen und nachsehen zu können.

Da jedoch der überwiegende Teil der Menschheit durch das Leben stolpert, ohne sich selbst zu hinterfragen, ist dies nur ein Zeichen für einen überdurchschnittlich wachen Verstand.

Verbrauchermanipulationsintermezzo

Produktinformations-
präsentationszeitfenster

Getränkenachschubsicherungsunterberechung

BRAINWASH-INTERMISSION

*Pinkelpause*

## Reise-Apps

Anzeige

Es gibt Apps, die einem helfen sein Auto im Parkhaus wiederzufinden.

Den Weg zu diesem Parkhaus findet man mit Hilfe einer ergänzenden App.

Mit der App »i-Person« finden Sie zu sich selbst.

Sie vergessen sich in den unpassendsten Situationen?

Mit der kostenlosen Anwendung »i-Person - Find my Brain« gehört dieses Problem bald der Vergangenheit an.

Mit der App können Sie ihre persönlichen Charaktereigenschaften abspeichern und via Freud-Maps klassifizieren und gegebenenfalls korrigieren.

Installieren Sie dafür die App auf Ihrem Smartphone und öffnen Sie sie anschließend.

Um ein persönliches Charakterdatenblatt zu erstellen, tippen Sie auf die Schaltfläche "Analysieren".

Dann unterhalten Sie sich eine halbe Stunde mit dem Smartphone. Um eine korrekte Einordnung Ihres Charakters zu gewährleisten, sollten Sie die Fragen ehrlich und spontan beantworten.

Für eine Entscheidungshilfe in schwierigen Situationen öffnen Sie das App-Menü und wählen den Punkt „Identity".

Hier finden Sie die Option „Selbstoptimierung".

In einem Multiple-Choice-Verfahren beschreiben Sie die Situation und die App macht Ihnen Verhaltensvorschläge.

Nutzen Sie eine Smartwatch in Verbindung mit der App, berücksichtigt "I-Person" zusätzliche Ihre momentane Stimmung und kann Verhaltensmuster entsprechend variieren.

Des weiteren bietet Ihnen "i-Person" die Möglichkeit, beliebte Verhaltensmuster als Favoriten zu speichern.

Dafür müssen Sie das Anwendungsmenü öffnen und den Punkt „Verlauf" wählen. Hier können Sie danach alle Ihre Marotten einsehen.

Mit einem Rechtsklick öffnen Sie ein Kontextfenster um die der Marotte angemessene Situationen auszuwählen.

Hier offenbart sich das einzige Manko der App, denn hier und da müssen Sie ein paar Übersetzungsfehler in Kauf nehmen.

Für die Tritte in diverse Fettnäpfchen, die durch diese Übersetzungsfehler zustande kommen, übernimmt der App-Hersteller keinerlei Verantwortung.

# Fotografieren im Urlaub

Früher hatte man die Möglichkeit seine Freunde nach dem Urlaub mit abendfüllenden Diashows zu langweilen.

Lang und breit wurde erzählt, wo man welches Foto unter welchen Umständen aufgenommen hat.

Heute wartet man nicht mehr, bis der Urlaub beendet ist, sondern verschickt seine Schnappschüsse sofort.

Und man kann sich die langwierigen Storys sparen, denn Fotos, die mit Smartphone oder Tablet gemacht werden, speichern automatisch sämtliche Metadaten, inklusive GPS-Ortung. Mit diesen lässt sich nachvollziehen, wo genau man zu welchem Zeitpunkt war.

## Wichtiger Hinweis

Sollten Sie ihre Fotos versehentlich gelöscht oder das Smartphone verloren haben, scheuen Sie sich nicht die diversen Appanbieter oder großen Hersteller von Betriebssystemen um Ersatz zu bitten.

Und die Datencontainer der Geheimdienste enthalten mit Sicherheit Ihre peinlichsten Selfies oder die Nacktbilder von der Ex-Freundin.

Gegen einige Informationen über Ihren Nachbarn, der verdächtigerweise noch nicht in diesem Internet zu finden ist, lassen die Agenturmitarbeiter Ihnen die gewünschten Fotos und Daten gerne zukommen.

Auf Wunsch inklusive Ihrer vollständigen Reiseroute einschließlich chronologischer Zuordnung der jeweiligen Aufenthaltsorte und Urlaubsbekanntschaften.

👍

# Gesundheit

Wer nach der Rückkehr gesundheitliche Probleme erfährt, wird von einem Jet Lag (nicht zu verwechseln mit asiatischen Martial-Arts-Artisten Jet Li) heimgesucht.

Das Zeitgefühl des Heimkehrers ist gestört und die innere Uhr braucht einige Zeit um sich wieder an die Abläufe der alltäglichen Tretmühle zu gewöhnen.

Insbesondere bei Reisen Richtung Osten tritt das Phänomen Jet Lag stärker auf. Woran natürlich „der Russe", der eine, der nach langen Jahren mal wieder vor der Tür steht, Schuld ist. Viel Aufwand war notwendig, die Tür soweit nach Osten zu verlagern.

Einige Reisenden leiden eine Woche lang unter Schlafstörungen und Alpträumen von Bären.

Andere Rückkehrer spüren keinen Unterschied in ihrem Schlafrhythmus und klagen kaum über gesundheitliche Einschränkungen.

Der Körper soll sich aber schneller an den neuen Rhythmus gewöhnen, wenn der Reisende nach der Ankunft etwa eine halbe Stunde lang das Sonnenlicht genießt, weshalb Nachtflüge kontraproduktiv sind.

Wichtig ist auch, sich mental auf die neue Zeit einzustellen. Für die Bekämpfung des Jet Lags ist es hilfreich, schon im Flugzeug die Uhr umzustellen, um sich schneller an die kommende Zeitverschiebung zu gewöhnen.

Wer allerdings mental im Mittelalter stecken geblieben ist, dem hilft auch das nicht.

Was nicht heißt, dass jeder, dem ein Sonnenbad, eine Lichtdusche oder eine verstellte Uhr nicht helfen, eigentlich ins Mittelalter gehört.

# Wenn der Urlaub ins Wasser fällt

Das Horrorszenario schlechthin für Urlauber ist Regen, während zu Hause schönstes Sommerwetter herrscht.

Neben dem Ärger über das für den Urlaub ausgegebene Geld, kann man sich bei der Rückkehr auch noch auf braun gebrannte, feixende Nachbarn einrichten.

Außer der Alternative, den Urlaub spontan abzubrechen und zurück zu fahren, gibt es die Möglichkeit des "Reframing", der Realität einen anderen Blickwinkel zu geben. Was früher hieß, sich etwas schön zu reden, kann heute wahrhaft emotionale Stabilität verleihen.

Denn schlechtes Wetter kann auch kuscheln im Hotelzimmer bedeuten, sofern man eine Möglichkeit findet die nörgelnden Bälger los zu werden.

Auch Ausflüge zu unternehmen und die Gegend zu erkunden, macht bei kühlem Wetter und im Ostfriesennerz mehr Freude als bei brütender Hitze.

Mit Kindern kann ein Urlaubstagebuch erstellt werden oder Oma und Opa bekommen ein selbst gebasteltes Souvenir aus Muscheln.

Hier rät der Zoll allerdings zur Vorsicht. "Oft wissen Urlauber nicht, dass es schon strafbar sein kann, ein am Strand gefundenes Schneckengehäuse oder ein Korallenteil mitzunehmen", erklärt das Hauptzollamt Dresden.

Auch von anderen exotischen Reisesouvenirs, wie Stiefeln aus Krokoleder oder konkurrenzlos günstigen Markenuhren, ist dringend abzuraten.

Für allein reisende Männer im gestandenen Alter gilt dieser Ratschlag gleichermaßen bei einheimischen Urlaubsbekanntschaften.

# Die Welt rückt zusammen

Im Zuge der Globalisierung und durch moderne Transport- und Kommunikationsmöglichkeiten kommen die Menschen einander näher. Dies zeigt sich auch durch die zunehmende Zahl internationaler Eheschließungen.

Hierbei ist es für binationale Paare aus verschiedenen Gründen nahe liegend, die Ehe im Ausland zu schließen.

Doch so manche Ehe kommt nicht zustande, weil sich schon bei der Definition des Begriffs „Ausland" unüberbrückbare Gräben auftun.

Mit der Ausrede „Wir heiraten im Ausland" ist der Verzicht auf kostspielige Hochzeitsfeierlichkeiten gegenüber der buckligen Verwandtschaft auch viel leichter zu begründen.

Außerdem bieten das schillernde Las Vegas, das romantische Venedig oder tropische Palmen am Strand einer Südseeinsel der Trauungszeremonie einen Rahmen, der das Paar vergessen lässt, wie sehr sich ihr Leben bald verändern wird.

Wer seine Junggesellenzeit beenden will, sollte bedenken, dass eine Heirat in erster Linie bedeutet, einen rechtlich bindenden Vertrag mit Auswirkungen auf die persönliche Freiheit zu schließen.

Ferner können für eine Eheschließung im Ausland unter Umständen zusätzliche Anforderungen gelten oder besondere Nachweise erforderlich sein. Ein Ehefähigkeitszeugnis ist eine Bescheinigung des zuständigen deutschen Standesamts zur Eheschließung im Ausland, in dem beide Verlobte genannt sind.

Es bescheinigt die Tatsache, dass nach deutschem Recht der beabsichtigten Eheschließung keine bekannten Ehehindernisse entgegenstehen.

Über die charakterliche Eignung der Ehe-kombattanten geben derartige Dokumente aller-dings keine Auskunft.

Ein Trauungsorgan ist keine physiologische Be-sonderheit bei Heiratswilligen, sondern eine staat-liche Stelle oder religiöse Einrichtung, der es möglich ist, vor dem Gesetz gültige Ehen zu schließen.

Eine wirksame Ehe kann beispielsweise in Nor-wegen sowohl durch eine bürgerliche, als auch eine kirchliche Trauung eingegangen werden.

Die Wirksamkeit der Eheschließung für den nor-wegischen Staat wird durch die Ausstellung einer Heiratsurkunde durch die zuständige Fi-nanzbehörde dokumentiert.

Womit der finanziellen Bedeutung einer Ehe Rechnung getragen wird.

Die UN-Tourismusorganisation der World Trade Organization UNWTO prognostiziert, dass im Jahr 2030 1,8 Milliarden Menschen weltweit reisen werden.

Zur UNWTO gehören touristisch so bedeutsame Länder wie Andorra, Bosnien-Herzegowina und Vanatu, das mit seinen zweihundertachtundfünfzigtausend Einwohnern in wenigen Jahren im Pazifik zu versinken droht.

Damit würde sich die Zahl der weltweit Reisenden nochmals erhöhen.

Allen von Klimawandel, Rohstoffsicherungskriegen und sonstiger Gewalt aus der Heimat Vertriebenen und allen freiwilligen Beförderungsfällen eine gute Reise und viel Glück!

# Glossar

**Staatsgewaltausübungsbevollmächtigter**

in Demokratien die militärisch hochgerüstete Polizei, in Diktaturen die Armee

**puerilistischen Illusion**

kindlich-unreife Naivität bezüglich der Realität

**Neokapitalismus**

Wirtschaftstheorie mit stark eingeschränktem Menschenbild, das menschliche Entscheidungen ohne Profitinteressen nicht kennt und einen illusorischen „Homo Oeconomicus" propagiert

**Wirtschaftskolonialismus**

Selbstentmachtung der Parlamente durch das Erzwingen unethischer Freihandelsabkommen zum Nachteil der Mehrheit der Weltbevölkerung

**benefitäre Motivierung**

Angebot eines scheinbaren Vorteils an einzelne Ent-
scheidungsträger, der sich auf lange Sicht als Nachteil
für eine Vielzahl von Betroffenen erweist

**systemrelevant und alternativlos**

bedeutungslose, leere Worthülsen

**Abnegation**

Das zu erklären macht zu viel Mü….

….vielleicht später…

...iss aba aunich wichtich...

**Tagesablaufstrukturierungshandgerät**

leistungsfähiger Kleinrechner mit eingebetteter Fern-
verständigungseinheit

# Quellenverweise

### Pilsener Urquell

Bewusstseinserheiterndes Hopfenkaltschalengetränk

### Quellekatalog

Relikt aus der Vergangenheit

### Quellen

Anschwellen eines Materials, beispielsweise durch Aufnahme von Gas oder Flüssigkeiten

### Quellen

Hinterlassenschaften der Vergangenheit, die mit einem konkreten historischen Wissensinteresse befragt werden

### Quellensteuer

halbherziger Versuch, den Eindruck zu erwecken, etwas gegen die politisch gewollte finanzielle Ungleichheit zu tun